LE

FAUX USURIER,

O U

LE NEVEU RECONNOISSANT,

COMEDIE.

De l'Imprimerie de M A I S O N, rue des Fran
Bourgeois, près celle de Vaugirard.

LE
FAUX USURIER,

OU

LE NEVEU RECONNAISSANT,

COMÉDIE EN TROIS ACTES, EN PROSE.

Imitée d'une Pièce Anglaise intitulée : School for Scandal, *de* SHERIDAN.

PAR T. P. BERTIN.

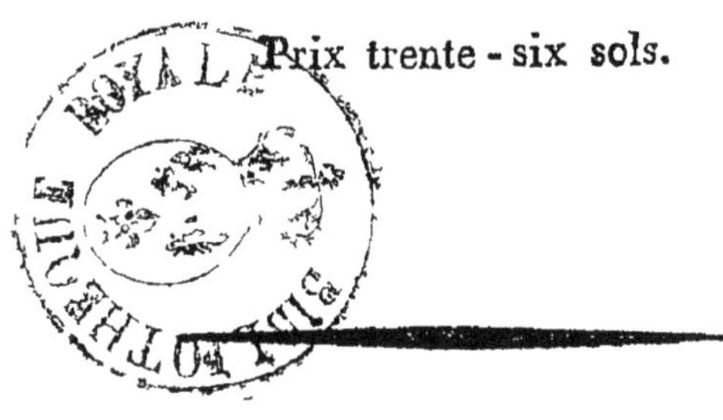

Prix trente - six sols.

A PARIS,

Chez T. P. BERTIN, Libraire, rue de la Sonnerie, N°. 1.

————————

An 6. — 1797.

PERSONNAGES.

ERASTE, Oncle de Léandre et de Valcour.

M. DORVILLE, Tuteur de Julie.

LEANDRE,⎫
VALCOUR,⎭ Frères et Neveux d'Eraste.

FLORIMOND,⎫
PRÉVAL,⎪
VILMAUR,⎬ Amis de Valcour.
PIRANTE,⎭

VALÈRE, Connaissance de madame Dorville.

RICHARD, Intendant de maison.

MOYSE, Juif,

Mme. DORVILLE, Femme de m. Dorville.

FLORISE,⎫
LUCINDE,⎬ Amies de madame Dorville.
CYDALISE,⎭

JULIE, Pupille de M. Dorville.

FRONTIN, Valet de Valcour.

LÉPINE, Valet de Léandre.

UN LAQUAIS.

La Scène est à Paris.

ERRATA.

Page 26, ligne 9, débiter, *lisez* conter.

Page 29, ligne 26, ce qu'ils sont passés, *lisez* ce qu'ils sont devenus.

Page 33, ligne 9, trois cent, *lisez* deux cent.

Page 34, ligne 19, huit cents louis, *lisez* dix mille francs.

Page 35, ligne 13, nos amies, *lisez* nos amis.

LE FAUX USURIER,

OU

LE NEVEU RÉCONNOISSANT,

ACTE PREMIER.

Le Théâtre représente un Sallon de compagnie.

SCÈNE PREMIÈRE.

M. DORVILLE, *seul.*

A QUOI ne doit pas s'attendre un vieux garçon qui prend une femme jeune et jolie ? Il n'y a que six mois que je suis marié et il me semble déjà qu'il y ait un siècle... J'avois cependant eu la précaution de choisir une personne élevée à la campagne, qui ne connoissoit ni luxe, ni dissipation... Aujourd'hui madame Dorville est toute aussi élégante, toute aussi coquette que si elle n'étoit jamais sortie de la capitale. Bientôt mes revenus ne pourront plus suffire à ses dépenses... Mais le pire de tout cela c'est que je l'aime, oui je sens que je l'aime; je ne puis m'en défendre, sans quoi je ne pourrois lui passer toutes les folies qu'elle fait.

SCÈNE II.

RICHARD, M. DORVILLE.

Richard. — Monsieur Dorville, votre serviteur, comment vous portez-vous ?

M. Dorville. — Très-mal, Richard, très-mal, assurément.

Richard. — Vous m'étonnez! que vous est-il donc survenu depuis hier?

M. Dorville. — La question est bonne, vraiment, à un homme marié.

Richard. — Allons, allons, monsieur quoique vous ayez par fois quelques petits différens avec madame Dorville, je suis sûr que vous l'aimez.

M. Dorville. — Oui, que trop pour mon repos ; cependant elle me contre-carre sans cesse, et me desoblige en tout... Je ne puis par exemple la détacher de la connoissance qu'elle a faite de Cydalise et d'une foule de petite-maîtresses qui lui donnent de mauvais conseils. Elles ont fait tourner la tête à Julie, ma pupile, qui ne veut plus suivre aussi que ses volontés. N'a-t-elle pas fait la sottise de refuser un mari de ma main, et de prétendre qu'elle n'en aura jamais d'autre, que le frère de celui que je lui proposois : un homme sans conduite, un prodigue , un dissipateur, Valcour en un mot ?

Richard. — Vous savez que souvent je me suis permis d'avoir une autre opinion que la vôtre, sur le compte de ces deux jeunes gens. Valcour, j'en réponds sur ma tête, n'a contre lui que la fougue de l'âge ; il se reformera un jour : leur digne père mon très-respectable maître , étoit dans son printems tout aussi fou , tout aussi extravagant que lui ; et cependant, jamais homme n'a été plus regretté et n'a plus mérité de l'être.

M. Dorville. — Richard , je dois connoître leur caractère, puisque j'ai été leur tuteur. Depuis qu'ils ne sont plus sous mes yeux, les mœurs de Valcour se sont dérangés avec sa fortune, et Léandre n'a point cessé de mener une conduite exemplaire.

Richard. — Je vous crois, monsieur Dorville ; cependant il est malheureux pour Valcour que vous paroissiez aussi indisposé contre lui dans ce moment, car son oncle Eraste est arrivé de l'inde et il est même depuis hier soir à Paris.

M. Dorville. — Comment ! mon ami Eraste est ici ! Vous ne l'attendiez pas sitôt !

Richard. — Vous avez raison , mais sa traversée a été on ne peut pas plus heureuse.

M. Dorville — Je serai enchanté de le voir, ce pauvre Eraste, il y a seize ans que nous ne nous sommes vus ... Et veut-il toujours que son arrivée soit un secret pour ses neveux !

Richard. — Oui monsieur ; il a même dessein d'emprunter un nom supposé , pour mieux observer leur conduite.

M. Dorville. — Cette précaution est de trop pour Léandre, c'est le jeune homme le plus honnête, le plus estimable ... Mais écoutez, Richard, Eraste sait-il que je suis marié !

Richard. — Oui monsieur , son intention même est de venir vous en féliciter.

M. Dorville (d'un ton irronique). — Celà me rendra le cœur bien gai ... Je veux absolument qu'il prenne un appartement chez moi ; amenez-le aujourd'hui , Richard, je vais donner des ordres pour qu'on se prépare à le bien recevoir. (*en s'en allant.*) Nous avions coutume de plaisanter ensemble sur le mariage , il a tenu bon , lui, il a soutenu la gageure ... Gardez vous bien au moins de lui donner à entendre que nous ne sympatisons pas trop, ma femme et moi ; je veux au contraire , qu'il s'imagine que nous vivons en très-bonne intelligence.

Richard. — En ce cas-là , ayez l'attention de ne point disputer ensemble, tant qu'il sera chez vous.

M. Dorville. — Il le faudra bien ; mais je crois la chose difficile. Richard, un vieux garçon, qui prend une jeune femme , mérite tout ce qui lui arrive , le crime porte avec lui sa peine ... Mais j'apperçois madame Dorville , laissez-moi seul avec elle ; je vais la prévenir qu'il nous arrive un nouvel hôte , et la prier de se contenir un peu en sa présence.

Richard. — Songez vous-même , à vous modérer.

(*Richard sort.*)

SCÈNE III.

MADAME DORVILLE, M. DORVILLE.

Mme. Dorville. — Ah ! vous voilà, monsieur, je suis bien aise de vous trouver seul ici. Vous avez donc encore questionné mes gens aujourd'hui, monsieur, pour savoir où j'avois passé la soirée hier ? Il est bien singulier que je ne puisse faire un pas, que vous n'en soyez instruit !

M. Dorville. — Madame, madame, est-ce là le respect que vous devez à l'autorité d'un mari ! Est-ce ainsi que les ordres. . . . .

Mme. Dorville. — Des ordres monsieur ! Aprenez qu'une femme n'en a à recevoir de personne. Si vous étiez si jaloux de vous faire obéir, il fallait, aulieu de m'épouser, m'adopter pour votre enfant : vous étiez assez âgé pour celà.

M. Dorville (regardant sa coiffure). — Tenez, voilà encore une emplette nouvelle ! Mais à quoi bon, je vous prie, ces bonnets, ces rubans, ces cheveux de toutes les couleurs ! Aviez-vous de tout celà quand vous m'avez épousé ? Hein !....

Mme. Dorville. — Pouvez-vous, monsieur, vous occuper de ces petites dépenses ?

M. Dorville. — Faisiez-vous de ces petites dépenses, quand vous m'avez épousé ?

Mme. Dorville. — Je m'imaginois que vous auriez été flatté que votre femme passât pour avoir du goût.

M. Dorville. — Eh, madame ! passiez-vous pour avoir du goût quand vous m'avez épousé ?

Mme. Dorville (d'un ton ironique). — Non, pas excessivement.

M. Dorville. — Je m'apperçois depuis longtems que vous avez oublié la situation dans laquelle je vous ai trouvée, quand je vous ai vue pour la première fois.

Mme. Dorville. — Point du tout, monsieur, je sais très-bien que j'étais fort à plaindre alors, et sans

celà

celà vous pouvez bien penser que je n'aurois pas l'avantage d'être aujourd hui madame Dorville.

M. Dorville. — La fille d'un malheureux gen‑tillâtre!.... Quand j'arrivai chez son père, je la trouvai coiffée en bonnet rond et vétue d'une petite robe de toile très-mince.

Mme. Dorville. — Je me souviens de tout celà.

M. Dorville. — Eh bien, madame, puisque vous avez une si bonne mémoire, vous vous rapellez sans-doute aussi que c'est moi qui vous ai fait une dame de qualité, une dame de grande fortune, en un mot, que je vous ai fait ma femme.

Mme. Dorville. — Celà est juste, mais il y a encore une chose que vous devriez ajouter à l'obligation que je vous en ai, et ce serait.....

M. Dorville. — De vous faire ma veuve, peut-être ?

Mme. Dorville. — Ah vous ne vous rendez pas jus‑tice, M. Dorville... Mais brisons si vous le voulez-bien là-dessus et parlons d objets plus récréatifs : Cydalise m'a promis de venir passer l'après-dînée avec une de ses amies, je l'attends dans ce moment et je vous prierai de lui faire un accueil un peu moins froid que la dernière fois.

M. Dorville. — Je ferai mieux, je vais vous laisser le champ libre. On vous a dejà dit que c'était de mauvaises connoissances que vous aviez faites-là, mais vous voulez agir à votre tête. Que vous allez bien médire ensemble, critiquer, calomnier ! Je vous laisse, madame ; peut-être paroîtrai-je un instant pour prier la compagnie de me ménager un peu... Ah ! j'oubliois de vous dire qu'il faudra dispo‑ser un appartement pour un de mes amis qui vient d'arriver de l'inde, Eraste, dont je vous ai parlé si souvent.

Mme. Dorville. — Cet ancien camarade avec lequel vous étiez si lié autrefois qu'on vous appelloit les inséparables !

M. Dorville. — Précisément : sur-tout je vous prie de ne point faire paroître d humeur en sa présence.

Mme. Dorville. — Celà dépendra de vous.

B

M. Dorville. — Nous verrons donc. — (En s'en allant.) Voici vos dames sans-doute ; je vais passer par ici pour ne pas les rencontrer. (*Il sort.*)

SCÈNE IV.

LÉANDRE , VALÈRE , CYDALISE , LUCINDE , FLORISE , JULIE , madame DORVILLE.

Cydalise (à madame Dorville , après les salutations d'usage). — Ces messieurs et ces dames sont venus chez moi , croyant, que c'était aujourd'hui mon jour d'assemblée , je les ai détrompés et vous les amène.

Mme. Dorville. — Vous avez fort bien fait , je vous en sai tout le gré possible.

Lucinde (à madame Dorville). — Je vous croyais avec monsieur Dorville.

Mme. Dorville (à Lucinde). — Il me quitte dans l'instant mais je présume qu'il va revenir. — (A la compagnie.) Si nous nous asseyons en attendant qu'on dispose les tables. (*Tout le monde s'assied.*) — (A Julie.) Vous avez l'air sérieux , mon cœur , est-ce que vous ne ferez pas un Boston avec nous ?

Julie. — Je ne me soucie pas beaucoup de jouer, madame , mais je ferai ce qui vous amusera.

Lucinde (élevant la voix). — (A Valère , avec qui elle causait.) Je ne suis point de votre avis , Valère , vous avez tort et très-tort même.

Mme. Dorville. — De quoi s'agit-il donc ?

Cydalise. — Il me soutient que notre amie Doriméne n'est pas jolie.

Mme. Dorville. — Elle a des couleurs très-fraiches.

Florise. — Oui, quand elles sont fraichement mises.

Léandre. — Et quand elle a fini sa figure , elle se trouve si mal assortie à son col, qu'on la prendrait pour une statue réparée ; elle a l'air d'une tête moderne sur un tronc antique.

Mme. Dorville (à la compagnie). — Mesdames,

je vous annonce M. Dorville , gardons-nous bien de plaisanter devant lui : vous savez combien il est susceptible.

S C È N E V.

M. DORVILLE , madame DORVILLE , LÉANDRE,

VALÈRE, LUCINDE, FLORISE, JULIE, CYDALISE.

M. Dorville (saluant la compagnie). — Mesdames et messieurs votre serviteur. — (A part.) Dieu me pardonne ! les voilà réunis en comité ; je suis sûr que leur conversation est un vrai libelle. — (A la compagnie qui se lève pour le saluer) sur-tout, que je ne dérange personne. (*Il prend un siége et fait cercle avec les autres.*)

Lucinde. — Vous conviendrez au moins qu'il n'y a rien à reprocher à notre jeune veuve.

Cydalise.. — Non ; mais je voudrois la voir un peu de meilleure humeur.

Lucinde. — Sa grosse taille la fâche beaucoup , et elle fait tout ce qu'elle peut pour s'en débarasser.

Valère. — Elle ne vit que d'acides , et l'on prétend qu'elle se fait lacer avec un Cabestan.

M. Dorville, (d'un air indigné). (*à part.*) — C'est sa cousine cependant, et il mange deux fois la semaine chez elle.

Florise. — Et d Orphise, qu'en pensez-vous ?

Mme. Dorville. — Je la trouve fort bien pour une femme qui n'a pas reçu d'éducation.

Valère. — Elle m'amuse beaucoup, quand elle étale ses bagues, et que pour faire voir sa tabatière, elle présente du tabac à tout ce qui l'environne.

Florise. — Elle en offre même à l'église aux quêteuses.

Cydalise. — Vous ne dites rien d'Elmire.

Lucinde. — Sa phisionomie est comique, il semble qu'elle ait ramassé ses traits dans les quatre coins du globe.

Mme. Dorville. — Elle a le front irlandois, la bouche africaine.

Florise. — Le nez hollandois.

Cydalise. — Le teint espagnol et les yeux chinois.

Mme. Dorville. — C'est comme une table d'hôte, où il ne se trouve pas deux êtres de la même nation.

Valère. — Dites plutôt comme la chambre des pairs d'Angleterre, où il n'y a pas deux membres qui sympatisent. Le nez et le menton semblent pourtant vouloir se rapprocher.

Léandre. — Cependant il faut convenir qu'elle a de l'esprit ; « remarquez-vous, » me disoit-elle dernièrement au spectacle : que les demoiselles » sont toujours au premier banc des loges ; les jeu- » nes femmes aux secondes ; et que le dernier rang » est composé des mères d'un certain âge, des » vielles filles et des veuves. Quand il se prononce » sur le théâtre quelque expression chatouilleuse , » quelque phrase à double entente, le premier » rang affecte un air de gravité ou d'indifférence , » le second hasarde un sourire, et le troisième ex- » plique par un éclat de rire, qu'il a très - bien » saisi le sens de l'équivoque.

Valère. — L'observation est aussi fine que juste ; elle me rapelle une réflexion qu'Elmire me fit faire au Vaux-hall : « Examinez me disoit - elle cette » fusée qui brille dans les airs, elle ne pense qu'à » son élévation, sans s'occuper de sa chûte. N'est-ce » pas là l'emblême des heureux du siècle ! »

Cydalise. — Avec tout son esprit, je la trouve remplie de ridicules.

Florise. — De manies.

Lucinde. — Elle est insoutenable ... Vous savez son avanture avec Damis ?

M. Dorville. — Mesdames, mesdames, songez que vous parlez d'une de vos amies intimes... (avec vivacité). Je voudrois qu'il y eut des loix sévères contre la critique et la médisance.

Florise. — Mais probablement vous ne voudriez

pas qu'on sévit contre ceux qui ne feroient que répéter ce qu'ils ont entendu dire ailleurs ?

M. Dorville. — Pardonnez-moi, madame, dans le cas où la personne offensée ne découvriroit pas celui qui s'est permis un mensonge qui la blesse, je voudrois qu'elle eut son recours contre l'endosseur.

Mme. Dorville (à la compagnie.) — Mesdames, si nous passions de l'autre côté, les tables de jeu sont disposées.

> (*La compagnie se lève et passe dans une autre pièce, à l'exception de Léandre et de Julie qui est restée pour ôter son mantelet et le placer sur un canapé.*)

S C È N E V I.

L É A N D R E , J U L I E.

Léandre. — Il paroît, mademoiselle, que vous ne vous amusiez pas beaucoup tout-à-l'heure car vous n'avez pris aucune part à la conversation.

Julie. — Non, monsieur, et je ne vois pas quel plaisir on peut avoir à censurer des défauts et sur-tout des défauts de nature.

Léandre. — Il est bien malheureux pour moi, Julie, qu'avec cette sensibilité que vous témoignez aux peines des autres, je sois le seul aux maux duquel vous refusiez de compatir.

Julie (d'un air froid). — Je ne vous entends pas, monsieur.

Léandre. — Dédaignerez-vous toujours l'hommage du sentiment le plus respectueux, le plus tendre.....

Julie (d'un ton sévère). — Ce langage a lieu de me surprendre, monsieur, vous savez que ce n'est point à moi qu'un tel discours devrait s'adresser.

Léandre. — Oui, mademoiselle, je sai que les

offres de Valcour seroient mieux écoutées ; ses
défauts n'ont rien qui vous offense ; en un mot, il
a le talent de vous intéresser.

Julie. — Ce que vous me dites-là, monsieur,
n'est ni honnête, ni généreux; mais quelque soient
mes sentimens pour ce jeune homme, je ne me
crois pas tenue à lui marquer de l'aversion parce
que ses erreurs lui ont enlevé... (d'un ton indigné)
jusqu'à l'amitié d'un frère. (*Elle sort.*)

[S C È N E   V I I.

L É A N D R E   *seul.*

Rien ne pourra jamais la détourner de l'inclination
qu'elle a pour cet étourdi. On ne conçoit rien au
caprice des femmes : de la conduite, des mœurs,
rien ne les fixe; mais donnez dans tous les travers,
livrez-vous à toutes sortes d'écarts, et vous ne
manquerez pas de leur plaire... J'apperçois Richard
avec un étranger ; sortons pour ne pas montrer le
désordre où m'a jetté le ton dédaigneux de Julie.

(*Il sort.*)

S C È N E   V I I I.

E R A S T E ,   R I C H A R D.

Eraste. — Dorville marié ! Et à une jeune personne encore ! Je ne puis m'accoutumer à cette
idée : lui qui vantait tant le sort des célibataires,
finir par s'imposer les chastes devoirs de l'hyménée!
(*Il rit.*) Ah ! ah ! ah ! ah !

Richard. — Mais, monsieur, gardez-vous bien
d'en rire devant lui, il n'entend pasencore rail-
lerie sur le châpitre du mariage, quoiqu'il y ait
près de six mois qu'il ait pris femme.

Eraste. — Six mois ! Il y en a plus de cinq qu'il
'en mord les doigts, j'en suis sûr. Ce pauvre Dor-

ville!.... Vous dites donc qu'il est mécontent de Valcour, qu'il a beaucoup de griefs contre lui?

Richard. — Oui, monsieur, mais je crois qu'il y a de la prévention de sa part et qu'il aura crû trop légèrement à de faux rapports.

Eraste. — Il y a bien des gens , je le sais , intéressés à nuire à ce jeune homme , mais, moi, je suis disposé à lui passer bien des choses , s'il n'a pas de trop grands torts ; dès son enfance , il avoit le germe des meilleurs qualités.

Richard. — Je suis charmé , monsieur, de vous voir dans ces heureuses dispositions et de trouver encore un ami au fils de mon ancien maître.

Eraste. — Quoi ! oublierois-je ce que j'etais à son âge , morbleu , son père et moi nous n'étions pas des models de sagesse , et cependant je ne me changerois pas aujourd'hui pour un autre.

Richard. — Aussi, monsieur, cet exemple m'engage-t-il à croire que valcour méritera un jour vos bontés.

SCÈNE IX.

M. DORVILLE, ERASTE, RICHARD.

M. Dorville (d'un air empressé). — Où est-il ? Où est-il, notre ami Eraste ! Ah ! mon camarade , je suis enchanté de vous voir ! Soyez le bien-venu ; oui , soyez le bien venu de tous vos amis , de la France entière.

Eraste. — Je vous remercie , mon ami , croyez aussi , mon camarade que je suis au comble de la joie de vous retrouver aussi bien portant.

M. Dorville. — Hé bien , Eraste , il y a seize ans que nous ne nous sommes vus ! Vous souvient-il encore des parties que nous faisions ensemble, hein ? ....

Eraste. — Oui, oui ; nous ne nous quittions guères... Mais on dit que vous êtes marié , mon

camarade ; allons, allons c'est une chose faite , re-
cevez-en mon compliment.

M. Dorville. — Bien obligé , bien obligé . . . Oui ,
je suis entré dans l'état heureux du..... mais ne parlons pas de cela actuellement,

Eraste. — Non ; vous avez raison ; quand des
amis se revoient pour la première fois, après une
longue absence, ils ne doivent pas commencer par
s'entretenir de leurs chagrins ; non , non.

Richard. (à part, à Eraste.) — Prenez garde ,
monsieur, ne touchez point à cette corde.

Eraste (à part à Richard.)—Bon.(à M. Dorville.)
On dit donc que mon neveu le plus jeune, est un
étourdi, un extravagant.

M. Dorville. — Ah ! mon ami, je suis désolé de
vous voir ainsi trompé dans votre attente. Oui,
malheureusement Valcour est un prodigue, un dissipateur ; mais Léandre vous dédommagera du mé-
contentement que vous donne son frère : c'est un jeune
homme dont tout le monde dit du bien.

Eraste. — Tout le monde dit du bien de lui ! tant-pis,
morbleu, c'est une preuve qu'il a ménagé les fripons
et qu'il a eu les mêmes égards pour les sots que pour
les gens de mérite,

M. Dorville. — Comment donc ! Allez-vous vous
fâcher de ce qu'il n'a pas d'ennemis ?

Eraste. — Pourquoi pas ? C'est à cela que je reconnois si un homme a vraiment des vertus.

M. Dorville. — Voyez-le, allez le voir et vous vous
convaincrez de ce que je vous dis : c'est un garçon qui
mène une conduite exemplaire et qui est rempli de
sentimens.

Eraste. — Ce n'est pas que je cherche à lui
trouver des défauts et que je veuille excuser les
égaremens de Valcour ; la preuve de celà , c'est
que je prétends garder ici l'incognito pour mieux les
observer l'un et l'autre et bien étudier leur caractère.

M. Dorville. — Je réponds de Léandre comme de
moi-même.

Eraste. — Prenez-garde aussi de vous trop prévenir

venir contre Valcour ; moi je vous le dis franchement, je ne suis pas excessivement courroucé
contre lui ; et à vous parler net, je n'aime pas voir
tant de sagesse à son âge ; trop de prudence étouffe
la sève de la jeunesse ; c'est le lierre qui s'attache
à l'arbuste et l'empêche de croître . . . au surplus ,
Richard et moi, nous avons formé un projet . . .

M. Dorville (à Richard.) — Voyons, puis - je
savoir ce que c'est que ce projet ?

Richard. — Oui, monsieur, le voici : Il y a dans
cette ville un certain Fabrice , parent de leur
mère et jadis fameux negociant à Bordeaux. Cet
homme qui a éprouvé des malheurs et qui se trouve
aujourd hui dans l'indigence, s'est adressé à Léandre et à son frère pour obtenir quelqu'adoucisse-
ment à sa misère , mais il n'a reçu du premier que
de vaines promesses, tandis que l'autre fait dans ce
moment tout ce qu'il peut pour se procurer de
l'argent dont il destine une partie à ce malheureux
vieillard.

Eraste. — Ma foi, je reconnois bien-là son père.

Richard. — Nous sommes donc convenus qu'E-
raste leur ira faire une visite sous le caractère de
Fabrice. (*s'adressant à Eraste.*) Vous verrez ,
croyez-moi, que le plus jeune , malgré ses égaremens , sait encore donner des larmes à l'humanité
souffrante , et ouvrir sa bourse à l'indigence.

M. Dorville. — A quoi sert-il d'ouvrir une bourse
où il n'y a rien ?

SCÈNE X.

ERASTE, M. DORVILLE, RICHARD , un LAQUAIS.

Le Laquais (à Richard.) — Monsieur , il y a
quelqu'un à la porte qui vous demande.

Richard (au laquais.) — Je sais qui c'est. Dites
à la personne d'entrer. (*à Eraste.*) C'est probable-

ment cet honnête juif dont Valcour a emprunté de l'argent; je lui ai dit que vous étiez arrivé, et qu'en recourant à vos bontés il seroit payé. Ce ne peut être que lui. (*L'appercevant.*) Ah! le voilà notre Israélite. (*Le Laquais sort.*)

SCÈNE XI.

MOÏSE, ERASTE, M. DORVILLE, RICHARD.

Richard (à Moïse.) — Moïse, voilà monsieur Eraste.

Eraste. — J'ai appris que vous aviez fait de grandes affaires avec mon neveu Valcour.

Moïse. — (1) Ouï monsié; mais je n'ai eu le ponher de gonnoître sa tédresse que quand il étoit bresque dodalement ruiné.

Eraste. — C'est malheureux; car vous auriez eu là une belle occasion d'exercer vos talens. Mais sans doute vous avez fait tout ce quevous avez pu pour lui rendre service ?

Moïse. — (2) Oui monsié, j'ai fait tu mon bôzible pour l'oplicher.

Eraste. — C'est fort bien.

Moïse. — (3) Oui monsié, il n'en tisgonvient pas, et taillers j'ai ses pillets. Ce soir engore je tevois lui amener un bârticulier qui ne le gonnoît pas, et qui sir ma barole, lui auroit brêté de l archent.

---

(1) Oui monsieur; mais je n'ai eu le bonheur de connoître sa détresse que quand il étoit presque totalement ruiné.

(2) Oui monsieur, j'ai fait tout mon possible pour l'obliger.

(3) Oui monsieur, il n'en disconvient pas, et d'ailleurs j'ai ses billets. Ce soir encore, je devois lui amener un particulier qui ne le connoit pas, et qui sur ma paole, lui auroit prêté de l'argent.

M. Dorville.—Comment! un homme à qui Val-cour n'auroit jamais rien emprunté, lui feroit des avances dans la position où il se trouve ?

Moise. — (1) Oui monsié, sir ma barole, sir ma barole, monsié ; vous endentez pien !

Eraste.—Et quel est le nom de ce brave homme?

Moise. — (2) M. Rock, monsié ; il étoit jadis breter sir câche, et actuellement il est achant de janche.

M. Dorville. — Valcour connoît-il monsieur Rock ?

Moïse. — (3) Non monsié, ma barole tonnere.

M. Dorville (à Eraste.)—Il me vient une idée, Eraste.... Si au lieu du caractère romanesque de ce vieux parent, vous preniez celui de Rock pour aller chez Valcour, ce seroit une occasion pour vous de le voir dans toute sa gloire.

Eraste.—Votre réflexion est excellente, effecti-vement, ce seroit beaucoup mieux ; j'irai trouver ensuite Léandre, sous le nom de Fabrice.

M. Dorville.—Vous n'aurez pas loin à aller, car ils demeurent ici près, dans la même maison, et le salon de compagnie leur est commun.

Richard. — Messieurs, c'est bien là pour le coup prendre Valcour à l'improviste (à Moise.) Moise, vous ne nous trahirez pas ?

Moise.—Non, non ; vous pouvez gonter sur moi; voizi à beu près le tems que che téfois lui bresenter M. Rock.

---

(1) Oui monsieur, sur ma parole, sur ma parole, monsieur ; vous entendez bien.

(2) Monsieur Rock, monsieur, il étoit jadis préteur sur gage et actuellement il est agent de change.

(3) Non monsieur, ma parole d'honneur.

(4) Non, non, vous pouvez compter sur moi, voici à peu près le tems que je devois lui présenter M. Rock.

Eraste.—En ce cas là, je suis à vous quand vous voudrez... mais une chose m'embarasse... Comment diable vais-je faire pour passer pour juif?

Moïse (avec chaleur.) — (1) Le bréter n'est pas chuif, il est grétien.

Eraste. — Il est chrétien! Ah j'en suis fâché pour lui. Mais là, ne suis-je pas trop bien vêtu pour un prêteur d'argent.

M. Dorville — Non du tout, vous seriez même encore mieux dans votre rôle, si vous y alliez en voiture, ou en cabriolet; n'est-ce pas Moïse?

Moïse. — (2) C'est chiste; oui, monsié, en foitire.

Eraste. — Bon, mais quel langage dois-je tenir; car il y a une manière de traiter que je dois savoir, des termes techniques, un jargon, en un mot, propre à l'uzure.

M. Dorville. — L'essentiel, à ce que je crois, Eraste, est d'être exhorbitant dans vos demandes, n'est-ce pas Moïse? C'est là le grand point.

Moïse. — (3) Oui, monsié, c'est le crand boint.

Eraste. — Oh! pour cela je réponds de moi. Je ne parlerai que de huit, dix, douze pour cent; pas moins que cela.

Moïse (avec vivacité.) — (4) Si vous ne te-mantez pas tavantache, fous zerez dout te suite tegoufert.

Eraste. — Diable! combien faudra-t-il donc de-mander?

---

(1) Le prêteur n'est pas Juif, il est chrétien.

(2) C'est juste, en voiture.

(3) C'est le grand point.

(4) Si vous ne demandez pas davantage, vous serez tout de suite découvert.

Moïse. — (1) Il faut bezer les zirgonstanzes ; si vous foyez qu'on n'est pas bien brézé, il vaut fous porner à quarande, cingande pour cent, mais zi on est bien brézé, il faut témanter le touple.

M. Dorville. — Ma foi, Eraste, monsieur Rock, dis-je, vous apprenez-là un joli métier.

Eraste. — Oui, en vérité, et un très - lucratif même.

Moïse. — (2) Et puis monsié fous sâfez que fous n'afez pas d'archent, et que fous êtes forcé d'embrunder d'un ami.

Eraste. — Oui ! suis-je forcé d'emprunter d'un ami ?

Moïse. — (3) Oui, monsié, et que fotre ami est un chien d'afare, qui n'a bas de gonzience ; faut apsolument tire cela.

Eraste. — Mon ami est un chien d'avare qui n'a pas de conscience ?

Moïse. — (4) Et que lui même il n'a bas de l'archeut et qu'il est opliche de fendre ses marjandices à berte pour brêter.

Eraste. — Il est obligé de vendre ses marchandises à perte ! C'est généreux de sa part, cependant.

---

(1) Il faut péser les circonstances ; si vous voyez qu'on n'est pas bien pressé, il faut vous borner à quarante, cinquante pour cent ; mais si on est bien pressé, il faut demander le douple.

(2) Et puis, monsieur, vous savez que vous n'avez pas d'argent, et que vous êtes forcé d'emprunter d'un ami.

(3) Oui, monsieur, et que votre ami est un chien d'avare qui n'a pas de conscience ; faut absolument dire cela.

(4) Et que lui-même il n'a pas d'argent, et qu'il est obligé de vendre ses marchandises à perte pour prêter.

M. Dorville. (à Eraste). — Allons dépêchez-vous d'y aller, je vais vous montrer la maison.

Richard, (à Moïse). — (1) Vous ne nous trahirez pas Moïse; vous feriez avorter le projet.

Moïse. — Non, non, je ne verai pas aforter le brochet.

Eraste. — Allons, suivez-moi, mon bon cosmopolite.

(*Ils sortent.*)

____

(1) Non, non, je ne farai pas avorter le projet.

FIN DU PREMIER ACTE.

ACTE SECOND.

Le Théâtre représente un Sallon, dans la Maison occupée par Valcour et Léandre. On découvre quatre à cinq jeunes étourdis assis autour d'une table servie de bouteilles de vin, et de plusieurs plats de dessert.

SCÈNE PREMIÈRE.

VALCOUR, FLORIMOND, PRÉVAL, PIRANTE, VILMAURE.

Florimond. — Eh bien ! Valcour, tu n'as pas encore bû à la santé de la belle qui te captive : est-ce que tu ne veux pas la nommer ?

Valcour. — C'est par ménagement pour vous ; car si vous étiez obligez de boire à celle de ses égales, vous n'en trouveriez pas sur la terre.

Préval. — En ce cas nous boirons à la santé de quelque divinité qui en approche, comme Vénus, Diane, Minèrve.

Florimond. — A la santé de tout l'Olympe s'il est nécesssaire.

Valcour. — Allons, puisque vous voulez absolument savoir son nom . . . à Julie!

Pirante. — A Julie! à Julie! (*Ils trinquent*).

Florimond. (à Valcour qui tient la bouteille.) — Jusqu'au bord pour Julie.

Préval. — Verse encore pour Julie; mais Valcour, dis-nous donc aussi son nom de famille ?

Valcour. — Non, non ; est-ce qu'on met jamais le nom de famille sur le calendrier de l'amour? c'est trop froid : Sur des contrats à la bonne heure.

Florimond. — Je vous nommerois bien aussi ma
dame, moi, mais vous n'en seriez pas plus avancé,
car elle a un nom de guerre.

Vilmaur. — Comme j'aime mieux la bouteille
que le sexe : à la santé de la Bourgogne et de ses
bons vins !

Tous. — Bravo ! bravo ! bravo !

SCÈNE II.

Les mêmes, FRONTIN.

Frontin. — (Il parle bas à Valcour.)
Valcour (à Frontin.) — Bon, bon. (à ses camarades.) Messieurs, je vous demande bien des par-
dons ; il faut que je vous quitte un instant, on me
demande.

Pirante. — Quelque beauté, sans doute ?

Valcour. — Non, non, ma parole d'honneur, c'est
un juif et un usurier, à qui j'avois donné rendez-vous.

Florimond. — Un juif et un usurier, il faut les
faire entrer.

Valcour. — Je le veux bien. (à Frontin.) Allons,
faites entrer Moïse.

Frontin. — Et monsieur Rock aussi ?

Valcour. — Oui, Moïse et monsieur Rock.

(*Frontin sort.*)

Florimond. — Les juifs t'aiment bien, Valcour ;
je suis sûr que quand tu es malade, ils font dire
des prieres pour toi dans leurs sinagogues.

Valcour. — Ce sont de bons diables.

Florimond. — Il faut leur faire boire du Bourgogne, à ces fesses-mathieu-là.

Valcour. — Non pas, s'il-vous-plaît. Il n'est pas
prudent d'irriter la soif de ces messieurs. Si je savois
cependant qu'un vin généreux pût les humaniser!...

SCÈNE

SCÈNE III.

ERASTE, MOÏSE, VALCOUR, PIRANTE, VILMAUR,
FLORIMOND, FRONTIN.

Valcour (à Eraste et à Moïse.) — Entrez, Messieurs, entrez, soyez les bien venus (à Frontin.)
Frontin, des verres . . . Allons, Moïse, à la santé
de l'uzure. Moïse, versez à boire à monsieur Rock.
(*Frontin donne des verres.*)
Florimond. — Oui, vive l'uzure, c'est un métier
qui fait briller bien des gens et qui mérite de pros-
pérer.
Eraste. (trinquant avec eux.) —Oui, il mérite...
(a part.) Ils vont me faire dire quelques sottises,
je ne suis pas trop à mon aise ici.
Valcour. — Courage, Monsieur Rock ; tenez, je
vais vous montrer l'exemple : aussi bien je dois
jouer ce soir, et quand je suis un peu gai, je ne
perds jamais, ou je ne sens pas ma perte, ce qui
est la même chose. Allons, encore un coup, M.
Rock.
Eraste. — Je vous rends grace, monsieur.
Florimond. — Je vois que ces messieurs font
des façons ; ils ne veulent pas faire comme nous,
(à ses camarades.) Laissons-les traiter d'affaires
avec Valcour, et faisons pendant ce tems-là, un tour
de promenade dans le jardin. Valcour, quand tu
auras fini, tu viendra nous retrouver.
Valcour. —Bon, bon ; mais ne t'écarte pas, j'aurai peut-être besoin de toi.
Florimond. — Non, non ; tu peux compter sur
moi ; je signe tout, moi, d'abord : lettres de change,
billets, contrats, tout m'est égal.
(*Florimond sort avec ses camarades.*)

SCÈNE IV.

VALCOUR, ERASTE, MOÏSE.

Moise, (à Valcour.) — (1) Monsié Valcourt, monsié Rock est un homme disgrèt et qui se fait un vrai plaisir de brêter. (A Eraste). Monsié , ce chen-homme, comme jé fous l ai técha dit, foudroit embrunder.....

Valcour (A Moïse). — Bah , taisez-vous Moïse. (à Eraste). Monsieur, Moise est un brave homme ; mais il s'explique difficilement, je vais vous debiter mon affaire en deux mots. Je suis un extravagant qui ai besoin d'argent à quelque prix que ce soit, et vous un homme obligeant qui ne vous faites pas scrupule de prendre quarante ou cinquante pour cent. Actuellement, je crois que nous nous entendons.

Eraste, (à part.) Il est franc; j'aime assez cela. (Haut.) Je vois que vous n'êtes pas un homme à complimens.

Valcour. — Non, monsieur, non.

Eraste. — vous en êtes d'autant plus estimable... Je suis cependant fâché de vous dire, monsieur, que vous vous êtes trompé dans une chose, c'est que vous croyez que j'aie de l'argent à prêter. Je pourrai à la verité vous en procurer d'un ami; mais c'est un Arabe qui n'a pas de pudeur, et qui demandera des intérêts à vous effrayer. N'est-ce pas Moyse ?

Moïse. — (2) Sans gontredit ; vaut bourtant avoir gours à lui.

---

(1) Monsieur Valcour, monsieur Rock est un homme discret et qui se fait un vrai plaisir de prêter. Monsieur, ce jeune homme, comme je vous l'ai déjà dit, voudroit emprunter.

(2) Sans contredit; il faut pourtant avoir recours à lui.

Valcour. — Allons, je sais bien qu'on n'a pas aujourd'hui de l'argent pour des politesses ; j'en passerai par tout ce qu'il voudra.

Eraste. — Mais quelles sûretés pouvez vous donner ? Vous n'avez plus de terres, je pense?

Valcour. — Pas une seule taupinière, pas une seule branche d'arbre, excepté ce que vous voyez-là dans ces pots, sur mes fenêtres.

Eraste. — Pas de meubles, non plus?

Valcour. — Non, non, mon frère m'a tout acheté. J'ai bien encore des équipages de chasse, des filets, des fusils; mais cela ne peut guères vous convenir... Monsieur Rock, est-ce que vous ne connoissez pas mes parents ?

Eraste. — Vous me pardonnerez, monsieur.

Valcour. — Eh, bien vous devez avoir entendu parler d'un oncle très-riche que j'ai dans l'Inde, mon oncle Eraste, dont j'ai beaucoup de bien à espérer.

Eraste. — Je sais effectivement que vous avez un oncle très-riche; mais qui vous dira que vos prétentions sur sa fortune soient bien fondées?

Valcour. — Oh ! il m'aime éperduement, et il me laissera tout son bien, M. Rock; c'est son intention, tout le monde me l'assure.

Eraste. — Oui! voilà la première fois que j'en entends parler.

Valcour. — Il n'y a pas à en douter, son dessein est de me faire son légataire universel.

Moïse. — C'est chiste, son lécataire uniferzel.

Eraste, (à part.) — Ils vont me faire croire que je suis encore au bengale.

Valcour. — Voici donc ce que j'ai à vous proposer. Je vous offre une délégation de mes droits à la succession de mon oncle; tout en vous déclarant cependant que je l'aime beaucoup, que le souvenir de ses bontés sera toujours présent à ma mémoire, et que je serais très-fâché de le perdre, ou même qu'il lui arrivat le moindre mal.

Eraste. — Cela ne pourroit pas vous affecter plus

que moi, je vous assure... Mais l'arrangement que vous voulez souscrire, ne me présente aucune garantie, car je pourrois bien vivre encore cent ans sans pouvoir retirer mon capital.

Valcour. — Vous ne m'entendez pas, monsieur Rock, puisque aussitôt son décès, vous pourrez venir exercer votre créance, et répéter sur moi ce qui vous sera dû.

Eraste. — Je serois le créancier le plus mal reçu que vous eussiez jamais rencontré.

Valcour. — Quoi ! avez vous peur, monsieur Rock, que mon oncle ne vive trop long-tems ?

Eraste. — Non parbleu, je n'en ai pas peur, quoiqu'on m'ait dit que c'étoit l'homme le mieux constitué et le mieux portant pour son âge.

Valcour. — Oh ! pour cela, vous êtes mal informé . . . Non, non, le pauvre Eraste, il dépérit à vue d'œil : le climat, monsieur Rock a dérangé son tempéramment, et ses traits, à ce qu'on dit, sont si changés que ses parens ne sauroient plus le reconnoître.

Eraste. — Ah, ah ! si changé que ses parens ne sauroient plus le reconnoître ; cela est singulier, ha, ha, ha ! (*Il rit.*)

Valcour. — Quoi ! vous êtes charmé d'apprendre que sa santé décline, monsieur Rock ?

Eraste. — Non du tout, non, non, en vérité.

Valcour. — Pardonnez-moi, je vois que cela vous arrangeroit.

Eraste. — Mais on m'a dit que votre oncle étoit sur son retour de l'Inde ; on prétend même qu'il est arrivé.

Valcour. — Vous êtes encore mal instruit ; il n'en est pas question ; dans ce moment-ci, il est encore au Bengale. Quoi ! je dois le savoir mieux que personne peut-être ?

Eraste. — En effet, vous devez le savoir mieux que moi ; cependant je le tiens de bonne part, n'est-ce pas Moyse ?

Moïse. — (1) Surement, et si son bâsâche a été si hérex, ç'est que ...

Eraste. — Comme je vois', monsieur, c'est quelques centaines de louis qu'il vous faudroit pour le moment. Mais n'avez-vous plus rien dont vous puissiez disposer ?

Valcour. — Que voulez-vous dire par-là! Je vous ai déjà observé ...

Eraste. — Par exemple, je sais que votre père vous a laissé à sa mort, une quantité prodigieuse de vaisselle plate.

Valcour. — Oui ; mais cela tenoit trop de fonds oisifs, il y a long-tems que je m'en suis défait. Moyse vous dira où elle est passée.

Eraste. (à part.) — Trop de fonds oisifs ! il en a fait un bel emploi. (à part.) On prétend aussi qu'il vous a légué une des plus belles bibliothèques de Paris.

Valcour. — Oui, oui ; mais elle étoit beaucoup trop considérable pour un garçon seul, et puis comme je suis très-communicatif de mon naturel, je n'ai pu me décider à garder tant d'érudition pour moi tout seul,

Eraste. — O ciel ! une mine de science qui existoit dans la famille depuis un siècle. (à Valcour.) Savez-vous où ils sont passés ces livres ?

Valcour. — Ma foi non ; je ne crois pas même que Moyse puisse vous le dire.

Moïse. — (2) Non, non. Je ne me mêle pas de lifres ; c'est de la trop mauvaise marjandice ; on n'aime blus la lectire aujourd'hui,

Eraste. (à part.) — Le dissipateur ! (à Valcour.) En un mot, vous n'avez absolument plus rien !

Valcour. — Rien au monde, à moins que vous ne soyez curieux d'anciens tableaux de famille.

· (1) Et si sou passage a été si heureux c'est que...

(2) Non, non. Je ne me mêle pas de livres ; c'est de la trop mauvaise marchandise ; on n'aime plus la lecture aujourd'hui,

Eraste. — Quoi ! vous ne voudriez pas me vendre les portraits de vos parens , peut-être !

Valcour. — De quoi vous inquiétez-vous ? pourvu
que vous en puissiez faire de l'argent.

Eraste. — Cela est juste , vous avez raison , (à
part.) Je ne lui passerai jamais celle-là.

S C È N E V.

FLORIMOND , ERASTE , VALCOUR , MOYSE.

Florimond. — Allons donc , Valcour , allons
donc, nous t'attendons pour faire une partie. Et
que diable fais-tu donc depuis si long-tems avec ce
courtier ?

Valcour. — Ah ! tu viens à propos , mon ami ,
j'ai besoin de toi.

Florimond. — A quoi puis-je t'être bon ? voyons.

Valcour. — Nous allons faire une vente , mon
ami ; je vends tous mes ancêtres à monsieur Rock,
et u nous serviras d'huissier-priseur.

Florimond. — Je le veux bien moi ; ma foi ce
n'est pas plus difficile que de manier les dez. Tiens,
voilà toute la finesse du métier : « Une fois , deux
» fois ; on ne dit mot , adjugé. »

Valcour. — Bien ! Bien! Bravo. Moyse, vous serez le crieur, n'est-ce pas ?

Moise. — Oui, monsié, je serai le grier.

Eraste, (à part.) — Quel extravagant !

Valcour. — Mais qu'avez-vous donc, monsieur
Rock , vous ne paroissez pas goûter cet ¡arrangement !

Eraste, (en affectant de paroître gay.) — Pardonnez-moi, monsieur, pardonnez-moi. (A part.)
Le prodigue !

Valcour. — Quand un homme a besoin d'argent ,
avec qui n'agiroit-il donc pas librement, si ce n'est
avec ses parens ?

---

(1) Oni, monsieur, je serai le crieur.

Eraste, (à part.) — Jamais je ne lui pardonnerai.....

Valcour, (à Florimond.) — Allons monsieur l'officier , à votre poste.

Florimond , (s'asseyant devant une table.) — je suis prêt.

Valcour, (en montrant les tableaux.) — La voilà ! la voilà! cette famille antique; ce ne sont pas là de ces portraits flattés par nos Raphaëls modernes. Le grand mérite de ceux-ci, est une ressemblance invétérée. On ne voit plus dans le siècle où nous sommes de ces traits héréditaires, qui se gravent et se transmettent jusqu'à la dernière génération.

Eraste. — Non , malheureusement. On ne rencontre plus de figures comme celles-là.

Valcour. — Tant mieux. Au surplus, monsieur Rock ; vous conviendrez que je suis un garçon bien rangé, de passer ainsi la soirée au milieu de ma famille. (à Florimond.) Attention, monsieur l officier.

Florimond. — Je suis tout oreilles.

Valcour. — Bon..... Voilà mon grand oncle, Charles Bélidor, colonel d'infanterie ; il a commandé à la bataille de Malplaquet. Voyez vous cet cicatrice au-dessus de l'œil; c'est un coup de feu qu'il a reçu à lavant-garde. Il ne porte pas celui-là de la poudre blonde ; mais une bonne perruque et l uniforme de son rég'ment. Combien en donnez-vous , monsieur Rock?

Moïse. — (1) Monsié Rock attend que fous barliez , monsié.

Valcour. — Eh bien ! vous l'aurez pour dix louis, c'est bon marché, un colonel.

Eraste, (à part.) — O ciel , son oncle Richard Belidor pour dix louis..... (A Valcour.) Je le prends, monsieur.

Florimond. — A dix louis, une fois; à dix louis , deux fois; il y a marchand ? Adjugé.

---

(1) Monsieur Rock attend que vous parliez, monsieur.

Valcour. — Voici sa sœur, ma grande tante Do*
rothée, peinte par Vandick. Elle est d'une ressem*
blance effrayan'e. La voilà en bergère assise autour
de son troupeau. Vous l'aurez pour cinquante écus,
ce n'est pas payer les moutons.

Eraste, (à part.) — Pour cinquante écus, ma sœur
Dorothée, cette fille si chaste, et qui s'estimoit
tant de son vivant ! (à Valcour.) Je la prends.

Moïse. — (1) A cingande ékis, bersonne n'en
vé blus, boint de recrets ?

Florimond. — Adjugé à cinquante écus.

Valcour. — Voici les deux frères, Paul et Guil-
laume Monta'gle, les jurisconsultes les plus instruits
et les juges les plus intègres de leur tems ; ce sera
la première fois, chose bien extraordinaire, qu'ils
auront été achetés ou vendus.

Eraste. — C'est une chose étonnante à la vérité,
et bien, pour l'honneur de la magistrature, je les
prendrai a votre mot.

Valcour. — Bien dit, monsieur Rock.

Florimond, (d'un air content et empressé.) — Allons, à soixante louis les jurisconsultes.

Moïse. — (2) Les chirisgonziltes, à soixante
lüis ; c'est bien endenti ?

Florimond. — A soixante louis, j'ai marchand ?
adjugé.

Moïse. — (3) Adjuché à monsié bayant.

Valcour. — Celui-ci est un petit cousin dont je
ne me rapelle pas trop le nom, tout ce que je puis
vous dire c'est qu'il étoit divorcé. Vous l'aurez pour
vingt écus.

Eraste. — Oh non ! C'est trop cher, un petit cou*
sin, deux louis si vous voulez.

---

(1) A cinquante écus, personne n'en veut plus ;
point de regrets.

(2) Les jurisconsultes, à soixante louis ; c'est bien en*
tendu.

(3) Adjugé à monsieur payant.

Valcour.

Valcour. — Tenez donnez-moi trois louis et j'y joindrai sa femme, vous les remettrez ensemble.

Eraste. — je le veux bien.

Valcour. — Adjugé le petit cousin avec sa femme.

Florimond. — A trois louis, une fois deux fois, je ne répéterai plus; adjugé.

Moïse. — (1)Adjuché le betit Tiforzé.

Valcour. — Jamais nous n'aurions fini, si nous vendions pièce par pièce. Donnez-moi trois cent louis, monsieur Rock, et nous ferons un seul lot de tout ce côté-ci. Ce sont des tableaux de grands maîtres.

Eraste. — Soit fait comme il est dit; j'y consens... Mais voici un portrait que vous avez passé.

Valcour. — Quoi! ce petit mal tourné, au-dessus du canapé ?

Eraste. — Précisément, c'est celui que je veux dire ... mais je ne lui trouve pas si mauvaise mine.

Valcour. — C'est le portrait de mon oncle Eraste. Il a été fait avant qu'il partît pour l'Inde. On le dit très-ressemblant.

Florimond. — C'est là ton oncle Eraste ? en ce cas je te plains, Valcour. Vous ne serez jamais bons amis, je lui trouve un air rebarbatif; la phisionomie d'un homme qui ne songe qu'à déshériter. Ne pensez-vous pas comme moi, mon bon monsieur Rock ?

Eraste. — Ma foi non, monsieur, en vérité; je lui trouve aussi bonne mine qu'à aucun des personnages qui sont ici, morts ou vivans (à Valcour.) Sans doute, monsieur, que l'oncle Eraste va avec le reste ?

Valcour. — Non pas, s'il-vous-plaît; le bon homme m'a fait trop de bien, je veux garder son portrait tant que j'aurai de la place pour le mettre.

Eraste (à part.) — Au bout du compte, le drôle

____

(1) Adjugé le petit divorcé.

E

est mon neveu. (à Valcour.) Monsieur, j'ai pris du goût pour ce tableau là.

Valcour. J'en suis fâché, monsieur le courtier ; certainement vous ne l'aurez pas. Diable ! est-ce que vous ne devriez pas être content ? vous avez presque toute ma famille.

Eraste (à part.) — Tel que vous me voyez , je suis un singulier corps. Quand j'ai pris de la fantaisie pour quelque chose, je ne regarde plus à l'argent. Je vous donnerai autant pour celui-là que pour tous les autres.

Valcour. — Cessez vos importunités ; je vous dis que je ne veux pas m'en défaire, cela doit suffire.

Eraste (à part.) Comme il ressemble à son père ! il a tous ses traits, je ne l'avois jamais si b e n remarqué (à Valcour.) Monsieur, Voilà une lettre-de-change pour ce que je vous dois.

Valcour. — Mais quoi ! cette lettre - de - change est de huit cent louis ?

Eraste. — Vous ne voulez donc pas laisser aller l'oncle Eraste ?

Valcour. — Non, non, une fois pour toutes.

Florimond (bas à Valcour.) Tu es donc fou ?

Eraste. — Hé bien , vous me dédommagerez une autre fois de ce que je vous donne de trop. Nous nous reverrons pour traiter de la succession. (Il lui serre la main.) Vous êtes un bon diable , Valcour , (s'appercevant qu'il a pensé se trahir.) Ah! monsieur, je vous demande bien pardon de la liberté que je prends. Allons, Moyse.

(En s'en allant.)

Valcour. — Je vous prierai, monsieur Rock , de vouloir bien les faire enlever décemment ; car je vous préviens qu'ils n'ont jamais sorti qu'en voiture.

Eraste. — Oui, oui, monsieur. L'oncle Eraste ne sera pas de la compagnie ?

Valcour. — Non, je garde mon petit Nabab.

Eraste. — C'est votre dernier mot, absolument ?

Valcour. — Absolument.

Eraste (à part.) — L'excellent cœur ! ... Allons Moyse, partons. Je vous souhaite le bonjour, monsieur, (à part en s'en allant.) Qu'on vienne le traiter d'extravagant devant moi.

Moise. (en s'en allant avec Eraste.) — (1) Eh pien ! monsié, vous voyez que le prochet a réussi.

S C È N E V I.

F L O R I M O N D , V A L C O U R.

Florimond. — En vérité, Valcour, cet homme-là est la perle des usuriers.

Valçour. — Je ne sais ma foi pas comment Moyse a pu se procurer un si honnête homme .... Mais, Florimond, vas donc rejoindre nos amies. J'apperçois Richard à qui j'ai deux mots à dire. Je te suis dans un instant.

Florimond. — Ecoutes, Valcour, ne souffres pas, entends-tu, que ce vieux sermoneur te force à payer des dettes rouillees dans ta memoire. Tu le sais, ces marchands sont des impertinens.

Valcour. — Si on les payoit, on ne pourroit plus en approcher.

Florimond. — Songe toujours à l'expédier promptement.

(*Il sort.*)

S C È N E V I I.

V A L C O U R *seul, tirant sa lettre-de-change de son porte-feuille.*

Mais, voyons donc encore une fois; cette lettre-de-change est-elle bonne ! Oui ma foi, elle est signée et endossée par les meilleurs banquiers de

______

(1) Eh bien ! monsieur, vous voyez que le projet a réussi.

Paris. Parbleu voilà huit cens louis sur lesquels, il faut avouer que je ne comptois guères. Je ne me serois jamais douté que mes ancêtres fussent d'aussi bonnes connoissances. Mes chères dames, mes chers messieurs, je suis bien votre très-humble et très-reconnoissant serviteur.

> (*Il fait de grandes salutations aux portraits, et sur-tout à ceux qui ont été vendus le plus cher.*)

SCÈNE VIII.

RICHARD, VALCOUR.

Valcour. — Ah! mon cher Richard, vous arrivez à propos, pour prendre congé de vos vieux amis.

Richard. — Oui, monsieur, je viens d'apprendre qu'ils alloient nous quitter. Mais comment pouvez-vous conserver cette insouciance, entouré comme vousl'êtes, de peines et d'inquiétudes ?

Valcour. — Et c'est précisement parce que je suis entouré de peines et de chagrins, qu'il ne seroit pas prudent à moi de me défaire de ma gaîté. Au surplus, Richard, je n'ai pas le tems de disputer ; prenez-moi cette lettre-de-change pour la faire escompter. Vous irez ensuite porter cent louis à Fabrice, sans quoi quelqu'un pourroit venir ici me les demander avec encore plus de titres que lui.

Richard. — Ah ! monsieur, Je voudrois bien que vous voulussiez vous souvenir du proverbe.

Valcour. — « Sois juste avant que d'être généreux » n'est-ce pas? Je ne demande pas mieux, moi; mais la justice est une vieille boiteuse qui ne peut pas suivre ma générosité ; ce n'est pas ma faute.

Richard. — Songez, monsieur, que . . .

Valcour. — Vous avez raison, Richard ; mais tant que j'aurai, je donnerai ; ainsi faites moi grace de votre morale, et courez vîte avec de l'argent chez Fabrice.   (*Valcour sort.*)

sCENE IX,

RICHARD· *seul.*

Quel étourdi ! Faut-il qu'avec le meilleur cœur du monde, il ait la tête aussi légère, l'esprit aussi inconséquent. Enfin, on ne peut venir à bout de lui faire concevoir que l'ordre et l'économie soient des qualités essentielles. Heuseusement qu'Eraste jouit d'une fortune qui le met à même de se charger des dettes et des bienfaits de ce jeune insensé.

FIN DU SECOND ACTE.

ACTE TROISIEME.

(Le théâtre représente l'appartement de Léandre.)

SCÈNE PREMIÈRE.

LÉANDRE, LÉPINE.

Léandre. — Vous n'avez pas vu madame Dorville ? Personne n'est venu de sa part ?

Lépine. — Non, monsieur.

Léandre. — Cela me surprend, elle m'avait cependant promis de venir aujourd'hui choisir des livres dans ma bibliothèque . . . . Mais j'entends une voiture dans la cour, voyez si ce ne seroit pas elle.

(Lépine sort.)

SCÈNE II.

LÉANDRE *seul,*

Madame Dorville est de ces femmes fidelles à leurs maris plutôt par devoir que par inclination. Ne seroit-il pas possible avec des raisonnemens captieux, une logique pressante, des témérités enfin, de déraciner cette vertu qui fait mon désespoir . . . Essayons un peu de mettre à profit le tête-à-tête que je vais avoir avec elle.

SCÈNE III.

LÉPINE, LÉANDRE.

Lépine. — C'est elle-même, monsieur, vous ne vous étiez pas trompé ; la voici sur mes pas.

Léandre (avançant un paravent pour masquer une fenêtre qui donne sur la rue.)— J'ai des voisines là qui sont fort curieuses. (à Lépine.) vous n'aurez pas besoin de rester.

SCÈNE IV.

MADAME DORVILLE, LÉANDRE.

Mme. Dorville. — Je me suis fait attendre, n'est-ce pas !

Léandre. — Madame, trop heureux que vous vouliez bien m'honorer de votre présence. (Il lui présente un siége, et tous deux s'asseyent.)

Mme. Dorville. — On ne peut rien de plus flateur.... Monsieur Dorville, depuis quelque.tems, est si maussade , que je crains toujours de lui déplaire en sortant. Croiriez-vous qu'il devient jaloux de ce que je parle quelquefois à votre frère , et qu'il porte l'injustice jusqu'à m'accuser d'avoir des liaisons avec lui ?

Léandre. (à part.) — Je suis bien aise d'apprendre que les propos que j'ai semés aient produit leur effet. (à Mme. Dorville.) — Je ne puis croire, madame....

Mme. Dorville. — Pour désabuser mon mari , je voudrois que demain Valcour epousât Julie ; ils se conviennent : ne le desireriez-vous pas aussi , Léandre ?

Leandre. (à part.) — Non certes. (à Mme. Dorville.) Oui Mme., vous verriez alors combien vous vous trompiez lorsque vous me soupçonniez de l'inclination pour cette petite capricieuse...... mais je ne puis concevoir la conduite de M. Dorville.

Mme. Dorville. — J'en suis indignée.

Léandre. —Vous avez raison, Mme., toute union qui n'a point pour base l'estime et la confiance mutuelle, est sujette à des conséquences malheureuses.

Mme. Dorville. — Quoi ! je souffrirai patiem-
ment qu'il m'outrage.

Léandre. — Vous auriez tort, madame, quand
un mari devient soupçonneux, c'est à sa femme de
l'en punir ; oui, madame, un mari ne doit jamais
se livrer à de fausses conjectures, et une . . .

Mme. Dorville. — (d'un air étonné.) Comment !
que voulez-vous dire ?

Léandre. — Qu'une femme par respect pour le
discernement de son époux, doit plutôt se permettre
quelques foiblesses , que de souffrir qu'il l ait mal
jugée.

Mme. Dorville — Oui !.. La doctrine est nouvelle;
et que me font, je vous prie, ses soupçons, quand
j'ai la conscience intime de mon innocence ?

Léandre. — Eh ! madame, c'est cette conscience
intime de votre innocence qui vous perd. Qu'est-ce
qui vous rend imprudente dans votre conduite et
dans vos actions ? c'est cette conscience intime de
votre innocence. Qui vous met au-dessus des pré-
jugés et vous rend indifférente à la tranquilité de
votre mari ? c'est encore cette conscience intime
de votre innocence.

Mme. Dorville. (d'un ton ironique.) — Ah , ah !

Léandre. — Si vous pouviez , madame, prendre
sur vous de faire un seul petit faux pas ; vous permettre une seule de ces fautes que l'amour fait com-
mettre et que l'amour excuse; vous ne pouvez vous
imaginer combien vous deviendriez circonspecte.

Mme. Dorville. (du même ton) — Croyez-vous ?
(à part.) Je crois que je n'ai pas commis une légère
imprudence , en venant chez ce monsieur-là. (à
Léandre, d'un ton sévère.) Et l'honneur, vous ne
m'en parlez pas.

Léandre. — Ah ! madame, songez donc que vous
n'êtes plus en province, et que dans le systême
actuel de nos mœurs, une jolie femme ne sait point
vaincre la répugnance que doit inspirer un mari formé sur le modèle de M. Dorville.

Mme. Dorville. — Ah monsieur! quelle morale!

Léandre. — Allons, madame, laissez - vous entrainer par l'exemple, et qu'une passion véritable et digne de vous, succede à la froide monotonie et aux dégoûts d'une union mal assortie.

Mme. Dorville (à part). — Il est familier avec tous les genres de séduction. (a lui.) Je m'apperçois, monsieur, que j'ai fait une faute tres-grave, en venant chez vous et en vous confiant mes peines, mais soyez persuadé que ni vos principes. . . .

Léandre. — Madame, je n'ai fait que vous indiquer une route tracée.

Mme. Dorville. — Ni vos principes , monsieur, ni la conduite de M. Dorville, ne me forceront jamais à m avilir à mes propres yeux.

Léandre. — Mais il est des cas où la vengeance. . . .

Mme. Dorville. — Vous m offensez , monsieur, je ne dois plus vous entendre (*elle se leve*).

Léandre (arrêtant par le bras Mme. Dorville , et se jettant à ses genoux). — Ah ! madame, je jure, par cette main , que ne méritait pas M. Dorville. . . .

S C È N E V.

Lépine, Léandre, Monsieur Dorville.

Léandre (d'un ton colère). — Que voulez-vous ?

Lépine. — Monsieur, je vous demande pardon , mais. . . . je croyais que vous ne seriez pas flatté de voir M. Dorville dans ce moment. On lui a dit que vous étiez visible, et il est sur mes pas.

Léandre. — Monsieur Dorville !

Mme. Dorville. — Monsieur Dorville ! O ciel, je suis perdue s'il me trouve ici ; il va croire que je cherche l'occasion de rencontrer Valcour. Je suis au désespoir d'être venue (*à l Epine*). Attendez. . . . n'ouvrez pas.

Léandre. — Il n'y a qu'une chose à faire, madame, c'est de vous cacher derriere ce paravent.

Mme. Dorville. — Ah ! je consens à tout, plutôt que d'accroître ses soupçons (*Mme. Dorville va se*

F

cacher derrière le paravent). O dieux ! que je me reproche mon indiscrétion !

Léandre (à l'Epine). — Donnez - moi un livre (l'Epine donne un livre à Léandre, qui fait semblant de lire attentivement).

(*Lépine sort.*)

SCÈNE VI.

Monsieur DORVILLE, MadameDORVILLE, *derrière le paravent*, LÉANDRE.

M. Dorville. — Ah ! le voilà ! tenez, il étudie toujours. (*élevant la voix.*) Léandre. Léandre.

Léandre (feignant de bailler). — Monsieur Dorville, je crois ! Ah ! monsieur, vous me surprenez bien agréablement ; je m'assoupissais sur un livre dont je n'ai pu dévorer l'ennui.... Vous n'êtes point venu ici, je crois, depuis que j'ai completté ma bibliothèque ? Les livres, vous le savez, sont la seule chose dans laquelle je sois recherché.

M. Dorville. — Cela est charmant, en vérité. . mais tout annonce chez vous l'homme studieux. Votre paravent même est une source de connaissances ; il est couvert, à ce que je vois, de cartes géographiques.

Léandre. — Oui, c'est un paravent qui m'est d'une grande ressource.

M. Dorville. — Je le crois bien, quand vous voulez, par exemple, trouver quelque chose dans un moment pressé.

Léandre (à part). — Où cacher quelque chose dans un moment pressé.

M. Dorville. — Mon ami, j'ai bien des choses à vous dire. (*Il regarde de tous côtés.*) Vous êtes seul ici ?

Léandre. — Parlez, ne craignez rien.

M. Dorville. — Mon ami, il faut que je vous fasse part de toutes mes peines, de tous mes chagrins,...... Vous ne pouvez vous figurer le tourment que me donne la conduite de madame Dorville.... Non contente de prodiguer et de dissiper mon bien, elle veut encore insulter à mon honneur.... Oui, je la soupçonne fortement d'avoir une intrigue.

Léandre. — Ce que vous me dites me surprend et m'afflige.

M. Dorville. — Et je crois, entre nous, avoir découvert avec qui....

Léandre. — Vous m'alarmez !

M. Dorville. — Je savais bien que vous en seriez très-affecté ; votre amitié m'est connue.... Mais vous ne devinez pas qui je veux dire.

Léandre. — Non, du tout....... Ce n'est pas Valère ?

M. Dorville. — Non, non.... Quoi ! vous n'avez aucun soupçon sur Valcour ?

Léandre. — Mon frère ! cela n'est pas possible. Je ne puis le soupçonner capable de tant d'ingratitude.

M. Dorville. — Je reconnais la candeur de votre ame. Vous ne pouvez vous décider à croire que le fils de mon ancien ami, puisse chercher à troubler le repos de ma vie.... Pour moi j'en suis indigné.

Léandre. — Vous avez raison, monsieur, quand le trait qui nous perce nous vient d'une main ingrate, les douleurs en sont bien plus aiguës.

M. Dorville. — Moi, qui l'ai élevé sous mes yeux, et lui ai servi de père depuis son enfance, qui n'ai cessé de lui prodiguer mes.... conseils.

Léandre. — Je ne puis rien dire, je ne sais rien ; mais si cela est, je ne le regarde plus comme mon frere. Celui qui viole les lois de l'hospitalité, et ose séduire la femme ou la fille de son bienfaiteur, est un monstre qu'il faut exclure de la société.

M. Dorville. — Et encore, mon ami, si j'allais publier ma honte, on se moquerait de moi, on en rirait.

Léandre. — Oui, vous avez raison, on en jaserait.

M. Dorville. — Jaser !... ils diraient que c'est ma faute, qu'un vieux fou de célibataire, ne doit pas prendre un femme, jeune et jolie, ils me persifleraient par tout, et je deviendrais la fable de la capitale.

Léandre. — Je ne puis croire, cependant, que la vertu de madame Dorville....

M. Dorville. — Et que peut, mon ami, la vertu d'une femme, contre les flagorneries d'un jeune séducteur. Tenez, c'est ainsi qu'on me paye du bien que je voulais faire. Voici encore un contrat, par lequel je reconnaissais avoir reçu d'elle en mariage dix mille livres de rente, quoiqu'elle ne m'ait point apporté de dote, et une donation qui lui assure tout le reste de mon bien après ma mort.

Leandre — Cette conduite est ou ne peut pas plus généreuse. (*à part.*) Je crains qu'elle n'inspire à sa femme de la reconnaissance pour lui.

M. Dorville. — Je ne voudrais pas pour beaucoup qu'elle se doutât de l'attachement que j'ai pour elle

Léandre (à part). — Ni moi non plus.

M. Dorville. — Maintenant, mon ami, que je vous ai fait part de mes peines et de mon secret, parlons un peu de votre inclination pour Julie.

Léandre (d'un air inquiet). — Pas pour le moment, je vous prie ; dans un autre quart-d'heure.... Je suis trop pénétré de votre situation, pour m'occuper maintenant de ce qui me concerne. Peut-on songer à ses propres intéréts, quand on sait que son ami est malheureux ?

M. Dorville. — Je connais votre attachement pour elle.

Léandre. — Je vous prie, monsieur Dorville....

M. Dorville. — Et quoique vous vouliez qu'on l'ignore, je sais que vous ne lui déplaisez pas.

Léandre. — Monsieur, je ne veux pas vous entendre, il y aurait de la bassesse à moi de m'occuper....

SCÈNE VII.

Lépine, Monsieur Dorville, Léandre.

Lépine (à Léandre). — Monsieur votre frère.
Léandre. — Dites que je n'y suis pas.
M. Dorville. — Au contraire, soyez-y, soyez-y, j'ai besoin de lui parler.
Léandre (à l'Épine). — Eh bien, laissez - le entrer.

(Lépine sort.)

SCÈNE VIII.

Léandre, M. Dorville, Madame Dorville,
cachée derrière un paravent.

M. Dorville. — Maintenant, Léandre, je vais me cacher ; questionnez-le sur le compte de madame Dorville.
Léandre. — Oh ! cela ne se peut pas ; quoi, vous voudriez que je me joignisse à vous contre mon frère ?
M. Dorville. — C'est pour servir votre ami ; et d'ailleurs, s'il est innocent comme vous le dites, ce sera pour lui une belle occasion de me le prouver, et de me rendre ma tranquillité......
Écoutez, je l'entends ; où vais - je me cacher ? derrière, ah ! bon, derrière ce paravent.... Comment donc ! il y a déjà quelqu'un qui nous écoute. Je vois des habits de femme.
Léandre (affectant de rire), — Ah, ah, ah, (en l'éloignant du paravent), l'histoire est vraiment plaisante (le tirant toujours de côté), je vais vous dire ce que c'est. Ecoutez, monsieur Dorville, quoique je ne courre point après les avantures galantes, je ne refuse pas celles que ma bonne fortune m'envoye. On ne peut pas non plus fuir toutes les belles. Celle-ci est une petite marchande

de modes, qui vient quelquefois me voir, et comme elle ne veut pas se faire connaître, elle s'est glissée derriere ce paravent quand vous êtes entré.

M. Dorville (en *riant*), — Ah, ah ! une petite marchande de modes, le grivois !.... Mais elle a entendu tout ce que j'ai dit de ma femme.

Léandre. — Ne craignez rien, rien ne transpirera.

M. Dorville. — Bien surement ?

Léandre. — Bien sûrement, soyez tranquille.

M. Dorville. — Allons, où vais - je donc me cacher ?

Léandre. — Là, là, dans ce cabinet, d'où vous pourrez entendre tout ce que nous dirons. (Il va dans le cabinet.)

Mme Dorville. (en se montrant un peu) — Puis-je m'esquiver ?

Léandre. — Chut, chut, ne bougez pas, madame.

M. Dorville (en se montrant un peu), — Serrez-le de près, ne le ménagez pas.

Léandre. — Cachez, cachez-vous, monsieur.

Mme. Dorville. — Ne parlez pas, madame, sinon vous êtes découverte.

M. Dorville. — ne le ménagez pas.

Léandre. — Pour l'amour de Dieu, tenez - vous en repos. (*à part.*) Dans quelle position je me trouve !

M. Dorville. — Vous êtes bien sûr que la petite marchande de modes ne jasera pas.

SCÈNE IX.

V A L C O U R , Monsieur D O R V I L L E , Madame D O R V I L L E , L E A N D R E .

Valcour. — Quoi ! mon frère, votre domestique me soutenait que vous n'y étiez pas ! Est - ce que vous aviez quelque juif ou quelque nymphe avec vous ?

Léandre. — Ni l'un ni l'autre, mon frère, ni l'un ni l'autre.

Valcour. — Et où est donc monsieur Dorville ? Je le croyais ici ?

Léandre. — Il y était effectivement, mais quand il a su que vous veniez, il a quitté ces lieux.

Valcour. — Comment ! le bon homme a donc eu peur que je lui empruntasse de l'argent ?

Léandre. — Ce n'est pas cela, mon frère, mais s'il faut vous le dire, je vous déclare que je suis très-fâché de vous voir donner tant de souci à ce brave homme.

Valcour (d'un ton ironique) — Oui, on m'a dit que j'en avais déjà donné à bien de dignes gens.... Mais, que voulez-vous dire, mon frère ?

Léandre. — Quoi : il s'imagine que vous voulez lui enlever le cœur de sa femme.

Valcour. — Moi, lui enlever le cœur de madame Dorville ! Sur mon honneur, il m'accuse bien injustement. Le bon homme s'apperçoit-il déjà qu'il a pris une femme trop jeune ? Ou, ce qui est bien pis, la dame trouve-t-elle qu'elle a épousé un mari trop vieux ?

Léandre. — Point de mauvaise plaisanterie, mon frère.

Valcour. — Monsieur Dorville être jaloux de moi ! Mais vous pouviez le désabuser; vous savez mon attachement pour Julie·

Léandre. — Quand votre cœur serait libre, vous ne voudriez pas, je suis sur, manquer à la reconnaissance.

Valcour. — Moi, je ne ferai jamais de sang froid une action malhonnête, mais si une jolie femme me témoignait des bontés, et si cette jolie femme avait, par hasard, épousé un homme assez vieux pour être son père....

Léandre. — Eh bien ?

Valcour. — Eh bien, j'aurais besoin, je crois, alors du secours de vos grands principes....

Léandre. — Toujours le même ! Mais, mon frère, il n'y a plus rien de sacré, si....

Valcour. — Vous avez raison, mon frère, je vois

ce que vous allez me dire ; . . . mais savez-vous que vous me surprenez avec vos soupçons, vous que je croyais dans les bonnes graces de madame Dorville.

Léandre. — Moi !

Valcour. — Oui, je vous ai vu lui donner des coups-d'œil très-significatifs.

Léandre. — Vous voulez rire, sans-doute ?

Valcour. — Non, ma foi ; et vous rappellez-vous de cette confidence que vous me fites un jour ?

Léandre (mettant la main dessus la bouche de Valcour, et lui parlant à voix basse). — Paix, paix, je vous prie.

Valcour. — Comment !

Léandre. — M. Dorville est ici, qui entend tout ce que vous dites.

Valcour. — Monsieur Dorville est ici ! Où est-il ? . . . dans ce cabinet, peut-être ?

Léandre. (arrêtant Valcour). — Non, non.

Valcour. — Je veux le voir, je veux le voir ; montrez-vous, monsieur Dorville. Quoi ! mon ancien tuteur singerait ici les petites malices de l'inquisition ?

M. Dorville (sortant du cabinet). — Donnez-moi la main, mon ami ; j'avoue, mon enfant, que je vous avais soupçonné injustement : mais je réparerai mes torts. N'en voulez pas je vous prie à votre frère ; c'est moi qui l'ai forcé de se prêter à cette ruse de guerre.

Valcour. — Cependant, vous n'aviez pas plus de raisons pour m'accuser que lui. N'est-ce pas Léandre ?

SCÈNE X.

LÉPINE, Monsieur DORVILLE, Madame DORVILLE, VALCOUR, LÉANDRE.

Lépine (à *Léandre*). — Monsieur, on demande à vous parler en particulier.

Léandre.

Léandre. — Savez-vous qui ?

Lépine. — C'est une dame que je ne connais pas, et qui n'a pas voulu descendre de voiture, parce que je lui ai dit que vous étiez en compagnie.

Léandre. — Dites-lui que je vous suis. (*à M. Dorville et à Valcour.*) Messieurs, je suis fâché de vous laisser seuls, mais je reviens dans le moment. (*à M. Dorville, à voix basse.*) Sur tout, pas le mot de la petite marchande de modes.

(*Léandre sort.*)

S C È N E   X I.

Monsieur D O R V I L L E, V A L C O U R, Madame
D O R V I L L E, *toujours derrière le paravent.*

M. Dorville. — Quel dommage, mon ami, que vous ne vous trouviez pas plus souvent dans la société de votre frère ! On pourrait encore ne pas désespérer de votre réforme. C'est un jeune homme qui a tant de sentimens.... Oh ! il n'y a rien dans le monde au-dessus d'un homme à sentimens.

Valcour. — Vous conviendrez avec moi, qu'il a une morale trop austère ; il est trop prudent, trop réservé.

M. Dorville. — Non, non ; vous vous trompez.

Valcour. — Il vit en hermite, en anachorète.

M. Dorville. — Léandre n'est pas aussi ennemi du plaisir que vous le faites ; et si je voulais, je pourrais vous prouver....

Valcour. — Quoi ! Que diriez-vous ?

M. Dorville (à part). — J'ai envie de lui tout déclarer : Léandre m'a bien découvert lorsque j'étais dans le cabinet.... quand je prendrais ma revanche. (*à Valcour.*) Ecoutez, Valcour, voulez-vous vous amuser un instant aux dépens de votre frère ?

Valcour. — Moi? je ne demande pas mieux.

M. Dorville. — Eh bien, vous saurez donc que je l'ai trouvé avec une jeune fille quand je suis arrivé.

G

Valcour. — Mon frère ? cela n'est pas possible, vous riez, sans doute ?

M. Dorville. — Je ne plaisante pas ; il était avec une jolie petite marchande de modes (*Il amène Valcour sur l'avant-scene*), et ce qu'il y a de plus fort, c'est qu'elle est actuellement dans cette chambre.

Valcour. — Vous vous moquez.

M. Dorville. — Non.

Valcour. — Mais où diable est elle donc nichée ?

M. Dorville. — Chut, chut, derrière le paravent.

Valcour. — Parbleu, je veux la voir.

M. Dorville. — Non, non.

Valcour. — Pardonnez-moi, pardonnez-moi.

M. Dorville. — Non, non ; de grace.

Valcour. — Oh ! je la verrai.

(*Ils courent tous les deux vers le paravent, qui se renverse de côté, et découvre madame Dorville, au moment même où Léandre rentre dans l'appartement.*)

S C È N E   X I I.

Léandre, Monsieur Dorville, Madame Dorville, Valcour.

Valcour. — Madame Dorville !

M. Dorville. — Madame Dorville ! Que veut dire ceci, morbleu ?

Valcour. — Ma foi, voilà bien la plus jolie marchande de modes que j'aie jamais vue. Mais que signifie donc tout cela ? Est-ce que vous jouiez aux quatre coins ? Mettez-moi donc au fait.... Madame, voudriez-vous m'expliquer ce mystère ?... Pas le mot ?.. Mon frère, vous plairait-il de m'éclaircir la chose ?... Le moraliste est muet aussi ! Allons, je n'y puis rien comprendre, mais je vois que vous vous entendez tous. Mon frère, je suis fâché de vous voir donner tant de souci à ce brave homme...·

Monsieur Dorville, il n'y a rien dans le monde
au-dessus d'un homme à sentimens. Ha, ha, ha.

(*Valcour sort, en poussant des éclats de rire.*)

SCÈNE XIII.

LÉANDRE, Monsieur DORVILLE, Madame
DORVILLE.

Léandre (d'un air embarrassé). — Monsieur
Dorville, quoique les apparences soient contre
moi... Si... si... vous voulez me le permettre....
je vais vous expliquer les choses, de manière
à ... vous satisfaire.

M. Dorville. — C'est bien là aussi comme je l'entends, monsieur.

Léandre (en balbutiant). — Madame Dorville,
connaissant mes.... Madame Dorville, dis - je,
sachant .... mes prétentions .... sur Julie, votre
pupile, et ... madame Dorville connaissant mon ...
votre humeur jalouse,... elle s'est rendue chez
moi ... afin qu'elle ... afin que je ... pusse lui
expliquer .... qu'elles étaient ces prétentions ....
Mais vous entendant venir, ... et comme je l'ai
déjà dit, ... connaissant votre humeur jalouse ....
elle,... madame Dorville ... dis-je,... s'est cachée
derrière le paravent .... et ... voilà précisément
comme les choses se sont passées.

M. Dorville. — On ne peut rien de plus clair,
et madame va sûrement attester la vérité de ce
beau récit.

Mme. Dorville (s'avançant). — Non, monsieur,
assurément.

M. Dorville. — Comment donc ! croyez-vous que
la chose ne vaille pas la peine que vous appuyez
son mensonge ?

Mme. Dorville. — Il n'y a pas un mot de vrai
dans ce que vient de dire monsieur.

Léandre (à voix basse). Madame, vous voulez donc me perdre.

Mme. Dorville. — Retirez-vous, hypocrite, et laissez moi parler.

M. Dorville. — Oui, oui, laissez-la parler, elle se tirera mieux d'affaire qne vous.

Mme. Dorville. — Je vous proteste, monsieur Dorville, que séduite par la fausse réputation de cet imposteur, je suis venue d'après ses instances réitérées. choisir quelques livres dans sa bibliothèque : je n'ai connu mon imprudence, que lorsqu'il a eu levé le masque, et qu'au lieu de m'entretenir de ses prétentions sur Julie, il n'a cherché qu'à m'inspirer du mépris pour le plus sacré des devoirs, et a osé me tenir les propos les plus outrageants, et pour vous et pour moi.

M. Dorville. — Les choses commencent à paraître moins obscures.

Léandre. — Elle a perdu la tête, je crois, cette femme !

Mme. Dorville. — Pas tout-à-fait, monsieur, au contraire ; elle a recouvré toute sa raison. Monsieur Dorville, vous devez me croire, dans un moment sur-tout, où témoin de votre désintéressement, vos procédés généreux me pénètrent encore de la plus vive reconnaissance, mais vous avez devant vous, le plus fourbe, le plus faux et le plus ingrat des hommes.

Léandre. — Monsieur Dorville, malgré tout ce que vous dit madame, le ciel m'est témoin....

M Dorville. — Que vous êtes un lâche, et un monstre en morale ; allez je vous abandonne.

Léandre. — Monsieur Dorville, ne me laissez point ainsi ; ne soyez point sourd aux cris de la vérité.... Celui qui ferme l'oreille aux....

M. Dorville. — Au diable vos beaux sentimens.

(*M. Dorville sort avec Mme. Dorville.*)

SCÈNE XIV.

LÉANDRE *seul.*

Pour le coup la femme et la pupille m'échappent... Jamais je n'ai trouvé Dorville aussi incrédule qu'aujourd'hui... Ce diable de Valcour m'a joué un tour bien perfide, en renversant le paravent... Voilà de ces coups de la fortune, que l'homme le plus sage ne peut point prévoir, mais qu'il peut réparer.... Qu'apperçois-je. Ah ! c'est sûrement Fabrice, ce vieux parent, qui, dit-on, doit venir m'emprunter de l'argent.... C'est lui-même. je le reconnais au portrait qu'on m'en a fait. Parbleu, il choisit bien son tems pour venir me compter ses doléances.

SCÈNE XV.

ÉRASTE, LÉANDRE.

Léandre (allant au-devant de lui). — Monsieur Fabrice, je présume ?

Eraste. — Oui , monsieur, à vous rendre mes devoirs.

Léandre (lui présentant un fauteuil). — Asseyez-vous, monsieur, je vous prie ; monsieur Fabrice, je vous en supplie....

Eraste. — Mon cher monsieur, ce n'est pas la peine (*à part*), trop cérémonieux de moitié.

Léandre. — Quoique je n'aye jamais eu le plaisir de vous voir, monsieur Fabrice, je suis charmé de vous trouver aussi bien portant...... Je crois, monsieur, que vous étiez proche parent de ma mère.

Eraste. — Oui, monsieur, si proche parent, que je crains que l'état de misère où je me trouve ne fasse deshonneur à ses riches enfans, sans quoi je n'aurais jamais osé prendre la liberté de venir vous importuner.

Léandre. — Vous vous trompez, monsieur, le malheur excite la commisération, mais jamais le mépris, et l'indigent a des droits imprescriptibles sur la fortune des gens aisés, et sur-tout sur celle de ses parens. Je voudrais qu'il fut en mon pouvoir de vous rendre service, monsieur.

Eraste. — Si votre oncle Eraste était ici, il me resterait encore un ami.

Léandre. — Plut au ciel qu'il y fut, monsieur, vous n'auriez pas besoin d'autre recommendation auprès de lui, monsieur Fabrice.

Eraste. — Mes malheurs m'en serviraient, monsieur, mais je croyais que les bontés d'Eraste vous avaient mis à même d'être l'agent de ses libéralités dans ce pays.

Léandre. — Vous vous trompez, monsieur; l'avarice, l'avarice est le défaut du siècle. Il est vrai qu'on a répandu dans le public qu'il m'avait comblé de bienfaits, mais c'est bien sans le moindre fondement. Je n'ai, cependant, pas voulu démentir ce bruit.

Eraste. — Comment ! il ne vous a rien fait passer de l'Inde ?

Léandre. — Chose au monde.

Eraste (à part). — Voilà mes remercîmens de plus de quatre-vingt mille livres qu'il a reçues de moi. (*à Léandre.*) Vous me surprenez !

Léandre. — Et puis, monsieur, j'ai un frère.... vous ne croiriez pas tout ce que j'ai fait pour ce malheureux-là.

Eraste (à part). — Non, certes.

Léandre. — Que d'argent je lui ai prêté ! je ne m'en repents pas, c'est une faiblesse que je me pardonne avec plaisir; cependant, elle me rend coupable aujourd'hi, puisqu'elle m'ôte le pouvoir de vous obliger comme mon cœur m'y porte, mon cher monsieur Fabrice.

Eraste (à part). — L'imposteur ! (à *Léandre*) Je ne puis donc compter sur vos secours ?

Léandre. — Vous m'en voyez au désespoir, mais soyez sûr que je ne vous oublierai pas dès que je pourrai vous être utile.

Eraste (imitant son ton mielleux). Mon cher monsieur, vous êtes trop bon.

Léandre. — Point du tout, monsieur Fabrice ; ah ! il est bien plus affligeant pour moi de ne pouvoir pas vous rendre service, qu'il ne l'est pour vous d'éprouver des refus. Votre situation me déchire, monsieur Fabrice ;... votre serviteur bien humble, je vous souhaite bien le bon jour.

Eraste (imitant sa salutation). — On ne peut être plus reconnaissant que je ne le suis, monsieur, votre très-humble serviteur.

Léandre. — Je prends bien part à vos peines... Par ici, monsieur Fabrice, ouvrez la porte, là, là·

Eraste. — Votre serviteur, monsieur (*à part*)· Valcour, tu es mon héritier.

(Eraste sort.)

SCÈNE XVI.

LÉANDRE, seul.

Voilà encore de ces désagrémens, qui accompagnent la réputation d'homme charitable ; il est sans cesse assiégé de nécessiteux. C'est, d'ailleurs, un don très-à-charge, que celui d'un cœur compatissant ; et dans le chapitre des vertus, je ne vois pas d'article plus dispendieux que celui de la générosité. Aussi, me sais-je bon gré d'employer le vernis du sentiment. Avec un ton mielleux, et quelques grimaces, je renvoye tout le monde content, sans débourser un sol.

SCÈNE XVII.

RICHARD, LÉANDRE.

Richard. — Monsieur, votre serviteur; je viens de la part de votre oncle, vous prévenir qu'il est arrivé, et voici un billet qu'il m'a chargé de vous remettre.

Léandre. — Comment ! mon oncle est arrivé ? (*à part.*) A-t-on rien vu de plus contrariant ? (*à Richard.*) Il est revenu en bonne santé, j'espère ?

(Il lit le billet à voix basse.)

Richard. — Oui, monsieur; vous voyez qu'il sera chez vous dans un instant. Je vais en prévenir votre frère.

Léandre (à part). — Quel contretems ! (*à Richard.*) Présentez-lui bien mes respects, Richard, et assurez-le de l'impatience que j'ai de le voir.

(Il le salue.)

Richard. — Je n'y manquerai pas.

(Richard s'en va.)

Léandre. — Je vous serai obligé.

(Il le salue.)

SCÈNE XVIII.

LÉANDRE, *seul.*

Parbleu, ce retour-là vient bien mal à propos; il va me demander des comptes à ne pas finir de son argent, et je vais voir fondre sur moi une foule de questions auxquelles je ne saurais que répondre.... Mais qui vient encore là ? mon oncle, peut-être.... (*Il regarde dans la coulisse.*) Oh! non, c'est encore ce Fabrice, que veut-il donc toujours ? Il faut absolument que je m'en débarrasse.

SCÈNE

SCÈNE XIX.

ÉRASTE, LÉANDRE.

Eraste. — Monsieur....

Léandre. — Je-vous ai déjà dit, monsieur Fabrice, qu'il n'était pas en mon pouvoir de vous secourir.

Eraste. — Monsieur, je viens d'apprendre que votre oncle était arrivé, et qu'il allait se rendre chez vous; peut-être qu'il pourrait ...

Léandre. — C'est fort bien, monsieur, mais pour le moment vous ne pouvez pas rester ici, je veux être seul; une autre fois, monsieur, s'il vous plait, et alors je vous servirai de mon mieux : donnez-moi le tems de me reconnaître, au moins.

Eraste. — Mais, monsieur, votre oncle et moi, nous nous connaissons; il faut absolument que je lui parle.

Léandre — Monsieur, il faut absolument que vous sortiez; je l'exige.

Eraste, — Je veux le voir, j'y suis décidé.

Léandre. — Parbleu, monsieur, vous ne resterez peut-être pas ici malgré moi.

(*Il veut le faire sortir.*)

SCENE XX.

VALCOUR, ÉRASTE, LÉANDRE.

Valcour. — Qu'est-ce qu'il y a donc là ?.... Ouais !.... Qu'apperçois-je? monsieur Rock, je crois !... Ah ! mon frère, il ne faut pas faire de mal à mon courtier.... Comment, Léandre ! est-ce que vous lui empruntez aussi de l'argent ?

Léandre. — Emprunter de l'argent ! non, mon frère, assurément; mais vous savez que mon oncle Eraste va venir dans l'instant, et monsieur Fabrice veut rester ici malgré moi pour le voir.

Valcaur. — Fabrice, dites vous? Quoi ! son nom est Rock.

Léandre. — Non, non, je vous dis qu'il se nomme Fabrice.

Valcour. — Et moi je vous soutiens qu'il s'appelle Rock.

Léandre. — Eh ! bien, peu m'importe, appelez-le comme vous voudrez.

Valcour. — Ma foi, je vous en livre autant; d'ailleurs, ces messieurs ont tant de noms, qu'ils en changent à chaque rue; mais à coup sûr, il ne faut pas que le bon homme Eraste, nous surprenne ici avec un Courtier.

Léandre. — Monsieur Fabrice, je vous prie....

Valcour. — Je vous prie, monsieur Rock......

Léandre (avec dureté). Il faut que vous sortiez, monsieur Fabrice, décidément, je vous l'ordonne.

Valcour (avec ménagement). Allons, allons, il faut vous retirer, monsieur Rock.

(*Ils le poussent tous les deux vers la porte.*)

SCÈNE XXI.

Monsieur Dorville, Madame Dorville, Julie, Éraste, Leandre, Valcour, Richard.

M. Dorville. — Comment, qu'avez-vous donc, mon ami Eraste? A-t-on jamais vu deux neveux assez ingrats pour maltraiter un oncle qu'ils revoyent pour la première fois, après une absence de seize ans ?

Mme. Dorville. — En vérité, monsieur, il était à propos que nous vinssions à votre secours.

Léandre. — Valcour !

Valcour. — Léandre !

Léandre. — Nous sommes perdus.

Valcour. — Sans ressource.

M. Dorville. — Vous voyez, Eraste, que le nom du malheureux Fabrice ne vous a pas très-bien servi.

Eraste. — Non; pas mieux que celui de Rock. L'état affligeant de l'un, n'a pu arracher un denier de ce monsieur-là (*en montrant Léandre*), et avec l'autre, je courais risque d'être aussi maltraité que mes ancêtres. Dorville, mon ami, et vous, Richard, examinez, je vous prie, l'aîné de mes neveux; il n'est rien que je n'aye fait pour lui; mes bontés pour cet ingrat, n'ont point connu de bornes : jugez donc de ma surprise et de mes regrets aujourd'hui, que je le retrouve sans honneur, sans reconnaissance et sans humanité.

M. Dorville. Je partagerais votre étonnement, si je ne le tenais déjà pour le plus faux, le plus égoïste et le plus hypocrite des hommes.

Mme. Dorville. — S'il en appelle à moi, j'acheverai son portrait.

M. Dorville. — Non, madame, cela ne servirait qu'à me faire souvenir de tous mes torts envers vous; il est bien assez puni, en apprenant que tout le monde le connaît.

Valcour (à part). — S'ils parlent ainsi d'un garçon aussi honnête, que vont-ils donc dire de moi tout-à-l'heure.

Eraste (montrant Valcour). — Quant à ce dissipateur....

Valcour [à part]. — Ah ! voilà mon tour, les diables de portraits de famille vont me perdre.

Léandre. — Mon oncle, voulez-vous me faire la grace de m'entendre ?

Valcour [à part] — Si Léandre voulait débiter une de ses longues harangues dans ce moment, cela me donnerait le tems de me retourner.

M. Dorville [à Léandre]. — Je crois que vous voudriez entreprendre de vous excuser ?

Léandre. — Certainement, et pourquoi pas?

Eraste. — Bah! [*Il lui tourne le dos.*] *à Valcour*. Et vous, monsieur, ne pourriez-vous pas aussi vous justifier, vous?

Valcour. — Moi? Oh! ma foi, non.

Eraste. — Est ce que monsieur Rock serait trop bien instruit de vos fredaines? Voyons, serait-il un peu trop dans vos secrets?

Valcour. — Oui, oui; mais vous le savez, ce sont des secrets de famille, et qui ne devraient pas aller plus loin

Eraste. — Non, non [*en riant*]; je ne puis même garder plus long-tems mon sérieux. Croiriez-vous qu'il m'a vendu tous ses ancêtres, à la toise, et que j'ai acheté de lui au plus vil prix, des colonels, des magistrats, et des femmes d'une chasteté à toute épreuve, ses tantes, en un mot.

Valcour [après avoir long-tems ri sous cape]. — J'avoue que j'en ai agi un peu trop librement avec mes ayeux, mais croyez m'en sur ma parole, si je ne parais pas affligé dans ce moment, c'est que je me sens le cœur pénétré de joie, en vous voyant, mon cher bienfaiteur.

[*Il saute au cou d'Eraste.*]

Eraste. — Valcour, j'oublie tout, donnez-moi la main, le petit mal-tourné, au-dessus du canapé, a fait votre paix pour vous.

Valcour. — L'original en acquiert de nouveaux droits à ma reconnaissance.

Mme. Dorville [en montrant Julie]. — Eraste, voici quelqu'un avec qui je jugerais que Valcour ne serait pas moins jaloux d'être reconcilié.

Eraste. — Je suis parfaitement instruit de cet attachement, et si mademoiselle veut me permettre d'expliquer cette rougeur....

M. Dorville. — Allons, mon enfant, parles-nous franchement, là....

Julie. — Tout ce que je puis dire, c'est que je souhaite à Valcour beaucoup de bonheur, quant

au don de sa main, j'y renonce pour toujours, et
le remets volontiers à celle qui a des droits mieux
acquis que les miens sur son cœur.

M. Dorville. — Comment, je ne vous comprends
pas ! Au milieu de ses égaremens, vous ne vouliez
entendre parler que de lui, et à présent qu'il·se
repent de ses torts, vous le refusez ! que signifie
tout ceci ?

Julie. — Son cœur et Cidalise, vous en instrui-
ront mieux que moi.

M. Dorville [en regardant Valcour]. — Quoi !

Valcour [avec vivacité]. — Voilà la première
fois que j'entends parler de cela, est-ce un nou-
veau piège qu'on me tend ici ?

Mme. Dorville. — Je vais expliquer ce mystère :
ceci est encore un trait de la belle ame de monsieur [*en montrant Léandre*], voyant qu'il ne pou-
vait espérer de faire réussir ses vues sur Julie,
qu'en l'indisposant contre Valcour, il a semé pour
parvenir à ses fins, le bruit de cette inclination sup-
posée. Je le tiens de bonne part.

M. Dorville. — Il en est bien capable.

Léandre [en regardant Mme. Dorville.]. L'im-
pudente ! qu'elle imposture ! je n'y tiens plus : puisse
son mari vivre encor cinquante ans.

[*Il sort.*]

SCENE XXII.

Monsieur et Madame D O R V I L L E, É R A S T E,
R I C H A R D, V A L C O U R, J U L I E.

Mme. Dorville. — Le méchant !
M. Dorville. Pas trop dans son dernier souhait,
cependant.

[*Pendant ce tems-là, Valcour et Julie causent
ensemble.*]

Eraste [en les regardant]. — Vous voyez, Dorville, que nous n'aurons pas besoin de beaucoup d'instances auprès de votre pupille et de mon neveu, pour les amener à un prompt raccommodement. Allons, tant mieux, je veux les voir mariés demain dans la matinée.

M. Dorvile. — Quoi ! sans demander le consentement de Julie ?

Eraste. — Je l'ai lu dans ses yeux, et je suis sûr qu'elle ne me démentira pas.

Julie [à Eraste]. — L'exemple de vos bontés pour Valcour achève de me désarmer, et ma bouche s'empresse de faire l'aveu des sentimens qu'il m'a toujours inspirés.

Valcour [avec enthousiasme]. — Je suis au comble de la joie, tous mes vœux sont remplis. J'ai l'estime et la main de Julie, il ne manque plus rien à mon bonheur.

M. Dorville [en joignant leurs mains]. — Allons, mes enfans, pensez toujours de même, et que les nœuds les plus sacrés, unissent deux cœurs que l'amour ne voulait point voir séparés.

Valcour [à Richard]. — Je présume, Richard, que je vous ai bien des obligations.

Eraste. — Surement, vous lui en avez.

Richard [à Valcour]. — Monsieur, méritez votre sort, je me croirai trop payé de mes soins.

M. Dorville.. — L'honnête Richard a toujours dit que vous vous réformeriez.

Valcour. — Ecoutez, messieurs, je ne veux plus rien promettre, mais voici mon mentor [*en montrant Julie*]; croyez qu'il est impossible de quitter le sentier de la vertu, sous la conduite d'un aussi aimable guide.

F I N.

9 782014 467086